현대시세계 시인선 158

붉음을 쥐고 있는 뜨거운 손끝

유성임
시집

붉음을 쥐고 있는 뜨거운 손끝

유성임
시집

도서출판 북인

깊지도 낮지도 않은
뜨겁거나 차갑지도 않게
잔을 들 때는 공손하게
과유불급 마음에 새기며

2023년 11월
유성임

차례

시인의 말 5

1부

바람의 공양 · 13

달리고 싶다 · 14

저녁의 위치 · 15

분위기가 그랬다 · 16

쉼표 · 17

11시 59분에 대하어 · 18

비 오는 저녁의 그리움 · 19

경복궁 별빛 야행 · 20

시간의 진심 · 22

슬픔을 만나다 · 23

포맷 or 백업 · 24

버킷리스트 · 26

치열과 희열 · 27

같은 또 다른 · 28

카페 신양리 · 29

2부

작은 빛마저 간절했던 날들 · 33

아스팔트의 살인 · 34

순간이 우울한 하루가 되었다 · 35

초원의 전설 · 36

지금은 동굴 탐험 중 · 37

수향마을 · 38

부팅 · 40

퇴직 · 42

달력 1 · 43

달력 2 · 44

고독사 · 45

메모리 · 46

갱년기 · 47

경계 · 48

기운 내 · 50

3부

건너편 여자 · 53

숲을 걷다 · 54

어둠이 오기 전의 저녁 · 56

당신의 사랑은 알 수 없어요 · 58

논골담길 · 59

이모 · 60

김택진 할아버지의 명언 · 62

힘든 말 · 63

경로이탈 · 64

사는 방식 · 66

꽃물 · 67

몰운대 · 68

돌아가고 싶은 곳 · 69

작은 행복 · 70

바늘꽃 · 71

4부

남영역에서 · 75

공범 · 76

계절의 기억 · 77

조우 · 78

두부 · 79

흑백사진 · 80

회전초밥 · 82

애국가 · 83

어느 기관사 이야기 · 84

폐허 · 85

여름의 민낯 · 86

그림을 그린 이 · 87

지하철 악사 · 88

바람이 불면 · 89

처음으로 돌아간다면 · 90

해설 '시간의 상자' 엿보기 / 김정수 · 91

1부

바람의 공양

바람을 체 치듯 소쿠리가 흔들거린다
절간 마당 밤나무 밑에서
얼마큼의 바람을 골랐을까
수없이 들어왔다 나간 자리는
촘촘한 구멍 사이로 바람의 끝이 너덜거린다
문득 소쿠리 속이 궁금했고
비어 있을 거라 생각했던 안에는
가지에서 낙하한 바짝 마른 밤 잎 서너 개
먼 곳에서 등 떠밀려왔을 은행 나뭇잎 한 개
속세에서 따라온 작은 비닐 한 조각

잡다한 마음 비우려 왔더니
머리가 헝클어진다
놀란 풍경 소리에
경기를 하듯 소쿠리는
또다시 바람을 체질하고 있다

달리고 싶다

한 켤레 구두를 가진 청년이 총각이 되었다
수없이 취업문을 두드리며 뒤축이 닳도록 달렸던 길
언제 올지 모를 면접을 위해
광이 나도록 닦아두었던 구두는
수없이 고배를 마시고 칩거에 들어갔다
어둠에 갇힌 신발은 매일 꿈을 꾼다
짧은 외출 혹은 긴 외출을
걷힐 것 같지 않은 장막에 빛이 보였다
이번만은 꼭 비장한 각오로 몇 걸음 내딛자
산산이 조각나는 뒤축의 절망
그는 내디디고 싶다 넓은 거리로
삭아지는 것이 아닌 닳아지도록

저녁의 위치

저녁은 늘 뒤를 따라오고 있었다

골목에서 술래잡기를 할 때도
밥 먹으라고 부를 때도
5학년 때 처음 엄마의 피가 붉은 색이 아닌
검은 색이라 느꼈을 때도
대문 앞에서 쪼그려 앉아
병원에서 늦도록 돌아오지 않는
엄마를 기다리던 날에도

아직 엄마가 많이 필요한데
사춘기가 다 지나가도록
저녁 없는 밤으로 연결되었다

첫아이를 낳던 여름날 저녁
홀로 긴 터널을 빠져나올 때도
저녁이 뒤를 따라오고 있었다

하나둘 가족이 돌아오고
어느 틈엔가 나는
뒤를 따라가는 저녁이 되고 있었다

분위기가 그랬다

문득 죽는 날을 선택할 수 있는 기회가 온다면
비 오는 일요일 오전은 피하고 싶다
산책을 나갔다
노을이 지고 난 어둠과의 경계에 서 있었다
비가 내리는 까닭이기도 하겠지만
마치 오전이 오후 같았다
그때 분위기가 그랬다
적당한 소음도 필요했으면 좋겠다
시간은 정오를 향해가는 언저리쯤인데
길고양이조차 보이지 않고
적막한 거리는 죽음을 맞기에는 너무 처져 있다
죽는 날은 비가 내려도 되지만
비 오는 일요일 오전은 피하고 싶다
6일의 오전이 남아 있으니
신발 속으로 스며드는 빗물이
자박자박 소리를 낸다
넓은 사거리 신호등조차 할 일을 잃은 외로운 시간이다

쉼표

비가 내리는 날
고속도로 휴게소로 간다

하늘을 달리던 빗방울도 바닥에 주차를 하고 있다

먼 길을 가다가 잠시 바라보니
주차장에 쉼표가 빽빽하다
거침없이 질주했던 한때
나는 어디에도 쉼표를 찍지 못했다

먼 길 돌아 휴게소에 도착했다

커피를 들고
비 냄새 가득한 벤치에서 달음박질에 빠진 세상을 읽는다

느낌표 혹은 마침표를 향해가는 사람들
바퀴로 밑줄을 긋고 달린다

어느 비 오는 날
사는 일에 지치면 나는 이곳에 와 쉼표가 될 것이다
달리던 길을 곁에 앉히고

11시 59분에 대하여

꽃과 나무는 보이지 않지만 떨고 있데요
그리고 나면 꽃이 피고 잎이 난데요
추워서 혹은 봄을 기다리는 떨림이겠죠

하루의 낱장이 모여서 한 달이
한 해 두 해 모여서 서사가 되죠
알고 있는 뻔한 마지막은
새로움과 소멸이 매일 공전해요
늦지도 빠르지도 않은 시간
하루를 이틀처럼 열심히 살았는데
그렇게 달렸던 나는 지금
여름날 오후 6시를 지나고 있어요
서둘지 않아도 11시 59분은
언제나 나의 앞에 있었어요

조바심을 멈추는데 먼 길을 돌아왔고
볕 좋은 창가에서 찻잔이 식을 만큼
11시 59분을 서툴게 즐기고 있어요

비 오는 저녁의 그리움

비 내리는 퇴근길 꽉 막힌 도로 위
기사님의 음악 선곡이 언제부터였는지
멘트 없는 음악에 취해 귀갓길은 지루하지 않았다

오래 전 유행했던 노래가 나오자
여기저기서 곱씹는 작은 떼창
이루지 못한 사랑은 언제나 애달픈 듯
누구나 한번쯤 공감되는 가사들
가수의 애절한 목소리에 얹어놓았다
숨소리조차 왠지 반칙일 것 같은 분위기
길이 밀린 덕에 전 곡을 들을 수 있었다

창문을 때리던 마지막 빗방울이 도르르
떨어지며 사흘째 내리던 봄비가 멈췄고
아스라이 멀어져 간 저편도
저녁 수면 아래로 다시 가라앉았다

경복궁 별빛 야행

옷을 정갈하게 입었다
봄을 보내는 5월의 길목에서
저녁은 집으로 돌아가는 시간 땅거미가 어둠의 타래를
풀어낼쯤
경복궁에서 바라본 노을 꼬리가 인왕산을 넘어가고 있
었다

관람객이 다 빠져나간 궁
임금님의 초대를 받은 일행은 상궁 마마를 따라 외소주
방으로 들어갔다
국악 공연을 보며 저녁식사로 임금님이 드셨던 12첩 도
슭* 수라상을 하사받았다

북적이던 낮과 다르게 달은 삭**의 시간
작은 초롱불을 들고 옛사람들이 걸었던 그 길을 따라 장
고, 팔우정, 건청궁을 지나
향원정을 바라보는 고종 임금님의 쓸쓸한 뒷모습과 마주
했다
지금은 특별한 날에만 건널 수 있는 취향교,
다리 건너 가까이 바라본 향원정은

슬픈 역사를 간직한 채 물빛 그림자에 흔들리고 있었다
임금님의 배웅을 받으며 야행이 끝났다

시작한 곳으로 돌아가는 길
발걸음에 놀란 새 한 마리 안착하지 못한 채
우리가 멀어질 때까지 어두운 하늘을 비행하고 있다
담장 너머 화려한 도시의 불빛은 무거운 어둠을 밀어내
지 못한 채
궁은 하나의 무인도였다

*도슭 : 임금님이 드셨던 도시락.
**삭 : 음력 1일경 달이 떠 있어도 보이지 않음.

시간의 진심

시어를 찾으러 마트에 갔다
이른 시간이라 아직 문이 열리지 않았다
엊그제 시어는 진열대에 놓여 있었다
잊지 않으려 몇 번이고 외웠는데
순간 아득한 벼랑으로 떨어졌다

마트 문 앞에서 서성이고 있는데
오랜만에 만난 지인
반가워서 카페에서 신나게 수다를 떨고 집으로 돌아왔다
잠을 자면서도 개운하지 않은 생각
순간 시어를 두고 왔다는 게 생각났다
다시 시어를 찾으러 갔다
요즘 암흑 같은 나의 머릿속에 단비같이 눈에 띄던 큰 글자는
진열장 어디에도 없다
몇 번이고 진열대를 이 잡듯 뒤졌다
막 포기하고 돌아서는 순간 7㎝나 될까
작은 젓갈 병이 눈에 들어왔다
오징어젓갈, 낙지젓갈 상표보다 더 작은 회사 상호의 부제목
숙성된 젓갈처럼 나에게 진심을 반쯤 내어준 상표
누군가 발효된 시간을 진심으로 꾹꾹 담아두었다

슬픔을 만나다

들판으로 산책을 나갔다

예고도 없던 소나기는 피할 수 없는 운명

그렇게 믿고 싶었다

뜨거웠던 날들은 여름도 채우지 못한 채

비 맛도 느끼지 못한 늦가을처럼

건조하게 미완의 계절이 되었다

노을이 내려앉은 들판은

우연이라도 그를 다시는 만나지 못했다

기억이 존재하는 것은 들판이 남아 있기에

소나기를 만났던 그 길은 여전히

계절을 담아내고 털어내고 있지만

언저리를 떠나지 못한 긴 그림자만

땅거미를 기댄 채 서 있다

포맷 or 백업

기억을 지우기로 했습니다
너무 선명해서 지울 수 없다는 걸 알면서도
마음으로 된다면 얼마나 좋겠습니까
이제 포맷을 시작합니다

어느 순간부터 같은 일을 반복하고
기분은 롤러코스터를 탑니다
오늘은 우산을 잃어버렸습니다
종일 들고 다녔는데
이제 시작인가요 아님 벌써 시작되었는데
이제야 느끼고 있는 건가요
비가 내리지 않았다면 우산의 존재는 묻히겠지요
오늘은 우산이었고 분명 어제도 뭔가를 잃어버렸는데
매일 새로운 일들이 일어납니다
실타래처럼 엉켜버린 기억을 풀어낼 수 있을까요

하루를 영원히 기억할 수 있다면
이 순간을 잊고 싶지 않습니다
파란 하늘과 물들어가는 나뭇잎
그 가을볕을 쬐며 졸고 있는 나를 기억하고 싶습니다

너무 평범한가요 평범마저 가물거립니다

이런 재앙이 올 줄 알았으면 백업이라도 해놓을 걸

버킷리스트

서울역 넓은 창에 자리를 잡았다
여행자들이 분주하게 움직이고
전광판과 스피커에선 쉼 없이 상행선과
하행선의 목적지가 바뀌고 있다

1박의 휴가
시장을 몇 바퀴를 돌아 구입한 잠옷
오롯이 나만을 위한 가방을 싸고
혼자만의 시간과 공간을 스케치해 본다
카페 의자에 몸을 묻자 설렘이 전해진다
요란하게 알리던 스피커와 전광판도
나의 맥박만큼 떨리고 있다
마시던 커피잔을 들고
기차에 오르자 서서히 미끄러진다

전화벨이 울리고
시골 사는 엄마가 우리 집에 오셨다는 소식
허둥지둥 짐을 챙겨 다음 역에서 하차했다
역사를 빠져나오는 내내 걸음을 잡는 아쉬움

치열과 희열

순간, 다짐을 또 한다
파란 하늘을 보며 눈물 쏟아냈던 이유
잎을 다 털어낸 가지 끝에 얹어주고 싶은 바람의 이야기
발자국이 따라오는 혹은 멀어져가는 궁금증에 대해
삑 주전자의 조바심에도 깨어버린 나의 생각들을
촉은 찰나에 와서 사라질 때마다 한 줄의 시가 날아간다

문득 아이의 뒤통수를 보다
어제 지어온 항생제 약봉지를 뜯어 '치열하게' 한 단어를
써놓고
생각의 웅덩이에 낚싯대를 걸처놓았다
깊지 않은 조각의 생각을 잡고 슬며시 잠에 밀린 얼룩진
약봉지 위에
갈겨쓴 치열이 흐려져 희열로 보인다
달콤한 잠을 잤나보다

같은 또 다른

앞선 사람이 우산을 들고
뒷사람은 우산을 쓴 채
숲이 짙은 긴 오솔길을 걷고 있다

나뭇잎을 간신히 잡고 있던 빗방울이
푸석이던 지면 위로 파문을 만들었다
앞선 사람은 천천히 우산을 편다
바람의 맛이 달라지자
뒷사람은 우산을 꽉 잡았다

숲길을 빠져나온 앞사람의 빗줄기는 느리게 내리고
뒷사람의 비는 우산 위로 내리꽂고

앞사람과 뒷사람은 같은 또 다른 빗길을 걷고 있다

카페 신양리

낡은 모텔 옆 건물은 식당이었던 것 같은데
읍내를 오갈 때면

바람이 불던 날
카페 안 인테리어가 눈길을 잡았다
눈이 내리고 빗방울이 창에 부딪치고
노을이 벌판에 물들이다 산 너머로 쓰러져갈 때
창은 또 다른 풍경을 연출하고

산모퉁이를 돌면
초저녁 카페의 불빛은

2부

작은 빛마저 간절했던 날들

보이지 않던 길이 있었다

바닷가 안개가 자욱한 날
아득히 들리는 파도 소리를 따라가다
한참을 망설였다
방향을 잃은 웅성거림이 여기저기 들리고
걸어오던 길을 되돌아가기로 했다
희미하게 보이는 나의 발등
내가 잃어버린 방향보다 눈을 뜨고 있어도
한 치 앞도 보이지 않는 막막함
무서운 것을 그때 알았다

걸어들어갔던 시간보다 한참을 더 걸어서
안개 늪에서 빠져나왔다
걷힌 안개 뒤에 흔적은 여느 때의 바다보다 평온했다

아스팔트의 살인

허공은 그들의 길
잡힐 것 같아도 잡히지 않던 새는
언제나 불안한 촉을 가동한다

종일 모이를 쪼아도 배고픈 참새
포식자를 피하려 허공의 길을 잠시 비껴가는 사이
자동차와 부딪혀 도로 위에서 날개가 버둥거린다
서두르지 않는 까치는
전깃줄에 앉아 만찬의 시간을 기다리고 있다
다행히 작은 움직임은
커다란 바퀴를 피했지만
신호가 멈추자
날카로운 부리가 저항하는 참새의 심장을 공격했다
새의 고통은 온몸으로 말을 하고
넓은 세상은 포획틀에 불과했다

건너편 버스에 갇힌 사람들의 탄식만 쏟아지고
멀어지는 작은 움직임의 외마디가
허공을 찢고 있다

순간이 우울한 하루가 되었다

가을이 몸속 깊이 스며든 늙수그레한 아저씨
은행나무 우듬지를 하염없이 바라본다
지난 밤 몸살에 뭉텅 빠져버린 나무
떨어진 잎은 이미 마음속에서 삭제되었는지
소란스럽게 지나는 소음에도 아랑곳하지 않는다
언덕을 내려와 옆을 다가서도 초점은 나무에만 멈춰 있고
낡은 배낭만 축 처진 어깨를 붙잡고 있다

얼마나 서 있었을까
사내가 있던 자리가 선명하다
이제 몇 장 남지 않은 잎 사이로
허공을 헛물켠 바람이 바닥에 힘을 실어주자
낙엽이 발자국을 덮어주었다

넋 놓고 서 있던 청년이 신호등이 바뀌기 전 숨차게 건너왔다
사내가 바라보던 나뭇잎이 들썩이는 청년의 어깨 위로 툭
파랗게 질린 구인광고가 구겨진 채 바닥으로 떨어지고
다 떠난 그 자리 나는 버스를 그냥 보냈다

초원의 전설

일주일 중 수요일은 언제나 한산하다
마트의 전략은 수요일을 공격하는 일
전단지는 뿌려지고 가끔 터무니없는 가격을 내밀 때면
한산했던 수요일 오전은 북새통
나의 우선순위 신선한 계란과 과일 고르기
그리고 초원의 전설 입구에 장바구니 줄 세우기
간판엔 초원에서 한가로이 풀을 뜯는 소
먼 이국땅으로 와 최고의 신선도를 보이며
말도 안 되는 가격으로 호객행위를 한다
치명적인 단어는 '한정'
안심하지 못한다 물건이 장바구니에 담기 전까지
계란과 과일 가격을 뽑고도 남은 건 전설의 힘이다

소 한 마리 끌고 오는 묵직한 장바구니
집안 가득 초원의 힘이 풍겨졌다
맛있다는 가족의 응원을 받아
전설의 힘은 다음 주에도 계속될 것이다

지금은 동굴 탐험 중

동굴로 들어간다
깊이 그리고 숨소리조차 조심스럽게
휴대폰도 휴식 중
일상은 나에게 맞춰진 게 아니라
타인에 의해 움직여졌다
차마 거절하지 못해

동굴로 찾아들 땐
웃고 있는 얼굴은 이미 만신창이었다
종일 먹고 자고 밤이슬 맞고
도둑고양이처럼 산책 나선다
멀리 지인이 오고 있다
아는 체를 하려는 순간
모자를 더 꾹 누르고 타인처럼 스친다
뜨거운 눈총은 등에 박힌 채 멀어진다

문자들이 와 있다
답장을 쓴다
지금은 동굴 탐험 중입니다
열흘이 지난 동굴 밖은 여전했다

수향마을

천 년의 물을 잡고 산다
발원지는 알 수 없는 여러 갈래에서
한곳으로 흐르고
100여 개가 넘는 작은 골목이 모여 있는 곳
그 물에서 고기를 잡고 빨래를 하며
아직도 과거에 덧칠하며 사람들이 살고 있다

끊임없이 밟았을 돌다리를 건너 회랑 안으로 들어가면
상점이 모여 옛것과 현재가 공전하고
코끝을 자극하는 맛의 향기며
귓가를 스치는 바람마저 고즈넉하다
회랑에서 바라본 물가조차 풍경인 서당
시계 초침을 거꾸로 태엽을 감는다
기와의 이끼가 시간을 읽고
반질거리는 박물관의 계단이 삐걱대는 소리를 내고 있다
사라진 사람들의 그리움이 컸을까
유난히 붉은 노을이 되어 물가를 비춘다
골목으로 내려앉은 익숙한
어둠과 맑은 별들이 깊어만 간다

아침 물안개가 피어오르면 또다시
물을 잡은 사람들의 하루가 시작되고

부팅

추억이 어둠에 갇혔다
붙박이로 10여 년의 시간이
먼 과거로 떠났다는 메시지만 남긴 채
노트북 시간은 2007년에 멈춰 있었다
아마 첫 부팅의 시간인 듯

2007년 그때의 나는
타협 없는 직진이며 아집으로 가득했던 시간들
나이의 경계를 넘을 때마다
이해와 현실 타협이 점점 늘어났고
어쩌면 내려놓는 게 맞는지 몰랐다

한 해가 다르게 변해가는 몸들의 기능
요즘 부쩍 약의 개수가 늘어난다
딱 그 시간만큼만 다시 돌아갈 수 있다면
뭐든 할 수 있을 것 같은 용기와
서너 계단씩 오를 수 있는 체력이 있던 그때로

노트북을 한참 동안 만지던 아들이
다시 전원을 켜자

맑은 소리가 들린다
나 돌아왔어요

퇴직

속도의 밥을 먹고 살던 사내
기름 냄새가 몸에 배어갔다
머리에는 억새꽃이 가득 피었고
어느새 뒤를 돌아보니 추억만이 같이 가고 있었다

사내는
동아리 마지막 밴드 공연의 문을 열었다
오직 한 곡을 노력했듯
한 길을 달려온 시간은 짧기만 했다
공연장의 열정처럼 창밖엔 비바람이 치고
KTX 300킬로의 속도가 때론 두려울 때
즐기기로 마음 다잡던
감독이며 배우였던
사내의 빠른 영사기가 31년의 촬영을 끝냈다
마지막 드럼 스틱도 멈췄다

속도에 쫓기어 살던 사내
느리게 가는 하루에 합류했다

이제 그의 속도는 시속 30킬로이다

달력 1

계절이 한눈에 들어온다
익숙하면서도 낯선 열두 달과
촘촘히 박힌 삼백예순닷새
하루에도 몇 번씩 시계를 보며 조바심내던 그 세월
불혹을 훌쩍 넘어 새삼 느끼는 소중함이다

추억의 태엽도 늘어지고
어느 오후의 나른함처럼
차가운 벽화를 돌고 있는 기억의 고집*에 붙잡힌 시간은
토막 난 퍼즐의 비명들

내일이 기약 없는 시간 속에서
한 장 한 장 넘겨지는 달력들
새해는 아직 오지 않았는데
12월 31일에 눈이 간다
만들지 않은 추억이 반쯤 접혀진다

* 살바도르 달리 : 기억의 지속.

달력 2

12월이 7개인 우리 동네 만둣집
상호가 다른 각각의 달력이 있다
새마을금고 기중기 농약사 등
밤새 곤 사골국물에 주먹만 한 만두가 한 대접
주인의 큰손이 벽에도 걸려 있다
1년을 넘게 다녀도 달력은 한 개
앉는 위치가 바뀌자 나머지가 보였다
새해가 지나고 며칠 있다 갔더니
명화보다 더 아름다운 주인장 인심이 벽에 가득했다

작은 시골 마을 창 너머 가마솥 굴뚝엔 연기가 피어오르고
텃밭에는 양념이 되어주었던 고춧대가 앙상하고
추억을 찍었던 은행나무와 터줏대감인 소나무 서너 그루
창밖에 하얀 눈이 내린다
잠시 있다 사라질 새로운 작품이 완성되고 있다
창밖의 사계는 달력보다 정확하게 계절을 넘기고 있었다

고독사

비가 내린 날 길이 삼촌이 떠났다
바람 불고 볕 좋은 날에도 또 다른 길이 삼촌이 떠났다
어느 순간부터 어긋난 그들의 삶
더 이상 붙잡을 것이 없을 때 한숨이 먼 하늘에 닿았을까
지독한 악취로 자신의 죽음을 알릴 수밖에 없는 그들
길이 삼촌이 남기고 간 것들은 죽음만큼 초라했다

늦은 밤이나 이른 새벽 신속한 정리는
산 자들에 대한 배려라고 말하는 청소전문업체
벽지는 집의 살갗이라고 누군가 말했던 그 벽
간절한 삶을 대변하듯 체취는 한동안 떠나지 못했다
돌아가신 분 이름에서 한 글자를 따와 길이 삼촌이란 이
름이 붙여졌다
안타까운 죽음은 아무 일 없듯이 이승의 삶을 투명하게
만들었고
하루 평균 11명, 이 순간에도 누군가는 이승의 끈을 놓
는다
뉴스에서조차 언급 못한 채 낯선 길로 떠난 길이 삼촌이
있다

메모리

시간이 허공을 걷는다
50번 고속도로 양지 부근
솟대의 무리가 서 있고
산 너머 저 너머
납골당 수목장 위로
노을이 내려앉는다
꽁지 빠진 솟대는 하염없이
산 너머를 기웃거릴 때
저편의 기억이 된 바람이 불면
별은 하나둘 흔들리고
그곳을 지나는 누군가의 메아리는
수신도 발신도 없는 미아가 된다

갱년기

전날의 앙금이 남아 있는 아침
변한 건, 지난 밤과의 몇 시간 차이
엄마에게 수없이 듣던 말
출근하는 사람에게 잔소리하는 것 아니라고
학교 가는 아이들 머리 산란해진다고
아침마다 의식 치르듯
머리를 묶고 머리카락을 털어낸다
전날의 냉기에 놀란 냄비며 프라이팬이 열을 내고 있다
아무 일 없었듯 다 빠져나간 자리
남아 있는 공기가 무겁게 내려앉는다
굳어진 얼굴에 화장을 덧칠하고
화살을 장전한 입술에 붉은 독을 발랐다
약속도 없는데 외출
달콤한 차 한 잔도
입안에 쓴맛을 지울 수 없다

집으로 향하는 길
그림자가 뒷걸음을 치고 있다

경계

둑에서 보라색 오랑캐 팬지를 서너 개 캐왔다
썰렁한 마당에 포인트가 되었다
두 해가 지나고 팬지는 마당에 무리를 지었고
예쁘다는 사람들에게 분양도 했다
올해는 이름대로 마당을 점령하기 시작했다
내가 그어놓은 선을 넘기 시작했고
비 오는 날 경계를 넘어온 오랑캐 팬지는
속수무책 뽑혀졌다

2주 전 매미가 방충망 제일 높은 곳에 자리잡았다
한번도 울지 않았다
다음 날 손에 닿을 만큼 내려왔고
다음날도 그다음 날도 울지 않는 매미는 조금씩 하강하
기 시작했다
닷새째 매미는 날아갔는지 떨어졌는지 보이지 않았다
며칠 전 다시 매미가 방충망 제일 높은 곳에 자리잡았다
울지 않은 채 다음 날도 그다음 날도 하강하던 매미는
나흘째 날아갔는지 떨어졌는지
길바닥엔 생을 다한 매미의 흔적이 드문드문 보였다

그녀와 오랜 시간 친분을 유지했지만
속내를 드러내지 않은 채
나에게 선을 긋고 있다
아직 진심이 전달되지 않았는지

기운 내

노량진 학원가엔 굴뚝이 많다
빽빽한 건물이 품고 있는 무게
초조함과 답답함을 잠시 식혀줄
폐부부터 끌어올린 연기는 유난히도 맵다
한산했던 학원 입구 잠시 쉬는 시간인지
저마다 속앓이를 하며 뿜어내는 담배 연기로 자욱하다
칼바람조차 묵직한 연기를 날려보내지 못하고
그들은 알까 연기 속을 뚫고 지나가는
나의 눈이 슬프고도 맵다는 걸
몇 집 건너 한 집은 아들 혹은 딸이
꿈을 향해 한번쯤 다녀갔을 곳
연기로 자욱한 노량진 학원 앞은 대낮인데도 회색 빛이다
건널목 신호가 서너 번 바뀌자 순식간에 사라진 연기

철길 건너 불어올 한강의 시원한 바람이 씻어낼 거리
곧 맑음으로 다가올 거라 기대를 한다

3부

건너편 여자

오늘도 어김없이 건너편 여자가 앉아 있다
책을 보는 것 같다
무슨 책을 보기에 매일 같은 시간에 그 자리에 앉아 있는지

건너편 여자는 매일 같은 시간이면 컴퓨터 앞에 앉아 음
악을 듣거나
모니터에 올라가는 글을 보며 혼자 웃는다
정신없이 웃다 쳐다봐도 그녀의 눈은 한 곳에 고정된 채

앞 베란다로 성큼성큼 걸어가 뭘 보는지
어느 날 문득 앞 동이 눈에 들어오고
같은 시간 건너편 여자를 보면서 궁금해한다, 긴 밤을

비가 오는 사이에도 건너편 여자와 건너편 여자가 앉아
있다

숲을 걷다

봉화를 지나 36번 도로를 달리다보면
품격이 다른 소나무가 살고 있다
경상북도 울진군 소광리엔 황장목, 춘양목이란 금강송들
피톤치드를 뿜어내는 숲, 오감을 열어놓았다
깊은 골 모퉁이를 몇 개쯤 지났을까 외딴 민박집
아직 이른 시간 땅거미가 툇마루까지 밀고 들어온다
별들이 바람에 흔들리고
알퐁스 도데의 별의 문장을 껴안고 오랜만에 단잠들었다

트레킹이 시작되는 3구간 16.3㎞
보부상이 다녔다는 십이령의 일부와
어느 소설가가 말했던 한국의 차마고도를 지난다
단풍이 서서히 물 위로 옷을 입히고
손끝에 닿는 바람의 속살마저 묵직하다
놀란 도토리와 알밤이 후드득 발밑으로 진다

돌아오는 지점 500년 된 나무가 서 있다
잘난 사람만 알아주는 세상
이곳의 못난이 소나무가 긴 시간을 버티고 명물이 되었다
재목으로도 쓸 수 없어 베어내지 못한 천덕꾸러기

묵묵히 지나간 세월과 다가올 시간을 기록하고 있었다
가을볕이 따가운 날 바람이 등짝에 배인 땀을 털어준다
10월 어느 가을날
오색으로 숲들이 치장 중이다

어둠이 오기 전의 저녁

남편이 퇴직했다
같이 있는 시간이 길어지면서 남편이 낯설다
타인처럼 느껴지는 것은 뭘까 보이지 않는 막이 앞에
있듯

동물에게 무관심하던 사람 어느 날 TV에서 나오는 동물
을 보며 웃는다
며칠 동안 바라만 보던 길고양이에게 정해진 시간에 사
료를 주고 있다
매일 정해진 시간에 출퇴근하던 사내의 일상처럼

혹독한 첫 겨울까지 지나갔다
사내는 도를 닦았는지 제법 얼굴에 여유가 생겼고
비쩍 말랐던 고양이도 윤기 있는 털과 통통하게 살이 붙
었다
밥을 준 시간이 얼마인데 아직도 고양이와의 관계는
밥그릇을 사이에 두고 바라보는 것뿐
가끔 때맞춰 밥을 먹으러 오지 않는 고양이 걱정도 한다

쫓기듯 앞서가던 걸음 갑자기 머리를 긁적이며

천천히 나의 발자국에 보폭 맞춘다

사내는 40년 길든 멍에를 한 겹씩 벗어내는 중이다

당신의 사랑은 알 수 없어요

이슬비가 내립니다
쿵
오래 전 파장난 연밭
뒤늦게 핀 꽃 한 송이
낭창이는 몸매들 사이로
바람의 소용돌이칩니다
연잎에 맺힌 이슬
여기 쿵 저기 쿵
흩뿌려지는 이슬비 사이로
천둥소리

연꽃이 피어납니다

논골담길

아침햇살이 바다를 비춘다
3월의 검은 바다는 빛의 굴절로 저녁으로 넘어가고 있다
바다는 논골담 언덕의 정원이다
골목 여러 길에서 만나는 사람들
늙은 해녀의 웃음이 들리고
소주병에 하루를 털어내는 사내들의 푸념이 목구멍을 데운다
한 뼘의 텃밭, 겨울을 버텨온 마늘 싹은 사람의 흔적이다
줄에 펄럭이는 빨래는 먼 바닷길을 알리는 등대가 되었다
논골담길에는 골목의 개 수만큼 이정표가 많다
논골1길, 논골2길, 등대로 가는 길…
숨차게 올랐던 옛사람들의 발자국으로 무뎌진 길
떠난 이들과 기억하고 싶은 사람들이 벽화로 남아 웃고 있다
분주한 나그네의 발자국을 읽어주는 조용한 골목
버거운 삶처럼 가파른 언덕을 잡고 매화가
찬바람을 잡은 채 수줍게 꽃망울을 터트리고 있다
낯선 이를 경계하는 백구의 목청이 벽화를 깨운다
바람 따라 골목이 분주해진다

이모

그녀와 나는 열일곱 살 차이
내가 철들 무렵부터 그녀의 손은 나를 꼭 잡고 있었다
시집을 가지 않은 처녀는
씻기고 먹이고 먼 여행에 동행도 했다
어느 날 엄마와 영원한 이별을 하고
먹먹한 날에도 그녀는 내 손을 잡고 있었다

지하철 안에서 엄마에게 연신 부채질 하는 딸
맛집이라고 엄마를 모셔오는 딸들
시장에서 옷을 고르는 모녀의 모습에서
그때마다 나는 먼 곳을 바라보아야 했다

내 나이 60세 사촌이모 나이 77세
의도치 않은 4박 5일의 동행
지하철도 타고 맛집을 찾아가기도 하고 시장 구경도 했다
이젠 이모의 보폭에 나를 맞추는 느린 걸음을 걸으면서
휴게소에서 차 한 잔을 마시며 수다 삼매경에 빠졌을 때
남들이 바라보는 눈에는 영락없는 다정한 모녀 사이로
보였겠지
이모와 공유하는 추억의 시간은 55년

가끔 집으로 찾아가면 가족이 있어도 한결같이 반갑게
맞이했었다

고마워요 나의 이모 아니 마음속 엄마

김택진 할아버지의 명언

경기도 양주군 와부면 ○ ○리 □ □동 △△번지
개발로 집터마저 사라졌다

십 리 먼 길에서도 집터를 알 수 있는 건 앞산
여자가 머리를 풀고 누워 있는 눈, 코, 입, 목선이 선명한
능선 아래에 할아버지의 집이 있었다

살면서 사람들로 인해 힘들 땐
동네 사람들의 고충을 들러주시던 할아버지
"썩은 새끼줄이 끊어지지 않을 만큼만 인연을 유지해"
"칡뿌리가 뻗어나가는 것도 끝이 있어"
막걸리 한 잔 드시면서 명심해라 하셨다

친구들을 만나고 돌아오는 울적한 마음
이른 아침 개울가 밤나무에서
알밤이 떨어지면 작은 산골짜기가 울렸듯
잊고 있던 할아버지 말씀이 가슴에 툭 떨어진다

힘든 말

이별이 다가온다
짧고도 긴 이별
언제가 마지막이었을까

사춘기 무렵 굳게 닫힌 방문
다가설 수 없는 장벽이었다

늦은 나이 공부하러 떠나는 뒷모습을 보며
가슴이 쿵쿵

마지막 문 앞에서 아이를 꼭 안았다
사랑해

이틀에 한 번 아이가 카톡을 한다
엄마 밥은 먹었어

경로이탈

왜 깼을까
꿈도 소리도 없는 그저 고요했는데
깨기 전 기억에도 없는 꿈을 헤집어본다
풀벌레도 잠든 밤을 지나 새벽 언저리도 도달하지 않은
깊은 밤
불을 켰다 먹다 남은 과자와 빵 그릇
종종 수면제 역할을 했던 커피잔도 바닥을 드러내고
포만감이 가득한 뱃속
아무리 노력해도 돌아갈 수 없는 잠의 세계
밥 준비와 빨래를 했어도 새벽이 채 오기 전
가끔 반복되는 꿈속에서 길을 헤매듯
오늘은 하얀 밤에 새로운 길을 만들어내야겠다

하늘에서 요란한 소리가 돌진했다
퍽 소리와 함께 방충망이 찢어졌다
꿩 한 마리가 목이 부러진 채 바닥에 널브러졌다
유리창에 비친 자신의 모습을 착각했을 거라는 추측을
남긴 채
몸은 유체 이탈을 하려는지 종일 붕 떠다니고
무더위에 견디지 못한 선풍기도 힘없이 머리를 떨구며

수명을 다했다

　아직 끝나지 않은 하루는 멀기만 하다

사는 방식

봄볕이 농익을 무렵 감자밭 귀퉁이에 마 씨를 심었다
죽었는지 오래도록 싹이 나오지 않았다
더위가 찾아오자 고랑을 넘어온 감자 잎에 가려 하얗게
질려 있는 새싹
하지가 가까워오고 몇 차례 비가 내리자 감자 잎이 머리
를 숙였다
위태로운 가는 줄기는 허공마저 부여잡는다
대를 세워 서너 줄 엮어놓자 급한 환승을 시작했다
더위가 절정을 이루자 잎은 무성해졌고
가을바람이 차가워지자 빼곡히 달려 있던 씨들이 우수수
떨어지고
땅속에선 주먹만 마들이 몸집을 불리는 중이다

풀과 부추도 구분이 안 돼 다 뽑아냈던 텃밭 주인
한 해 두 해 밑거름과 웃거름을 주는 작물의 습성과 키우
는 시기를 배운다
때를 기다릴 줄 아는 지혜도 생기고
어느 절간에서 만난 마음에 새겨둔 방하착*을 기억하며

---

*방하착 : 마음을 내려놓아라.

꽃물

보도블록 틈새 봉선화 한 줄기 꽃 피웠다
날아온 씨앗의 기지개였을까
누군가 흘려버린 시간을 심어놓았다

붉게 꽃 피던 시절
남자는 꽃이 담긴 봉지를 불쑥 내밀었다
어느 길가에서 따왔는지 삶의 고단함에 짓눌린 시간처럼
숨죽인 채 멍들어 있던 꽃잎
꽃물이 첫눈 내릴 때까지 남아 있으면
첫사랑이 이루어진다는 말에
간절히 실을 동여매었던 그때의 시간들

올해도
퉁퉁 불은 손가락까지 붉게 물들어 있었다
살아오면서 멍든 꽃잎처럼
안 아픈 날이 한번도 없었을까
꽃물이 조금씩 사라지듯 아름답던 기억도 흐릿해진다

억새꽃이 머리에 가득한 남편
오래 전 그 남자가 그랬던 것처럼
봉선화 꽃잎 가득 손에 들려 있었다

몰운대

두 장의 사진이 앞에 있다

마음속의 우울이 얼굴에 찍혔다
벼랑 끝 아슬한 노송을 바람이 흔들고
구름처럼 시시각각 변했던 시간들
발끝에 차인 돌이 벼랑으로 곤두박질쳤다
조용하던 정선의 한 모퉁이가 돌의 파문에 흔들렸다
바닥에 부딪치는 찰나
나를 보듬어야 했다

우연히 다시 들른 그곳
벼랑 끝
노송에 기댄 화사한 또 다른 사진 한 장
먹구름이 사라진 하늘바다였다

앨범에 끼지 못한 사진 한 장
책갈피에 끼어 다시 책장에 넣었다
그것은 버릴 수 없는 상처의 시간이었다

돌아가고 싶은 곳

잠에서 깼다
해가 뜰 것 같은 아니 저녁이 막 물든 시간인 듯
익숙한 마루며 마당
엄마를 불렀다 왜
부엌에서 나오시며 그만 자야지
저녁 밥상을 들고 나오신다
엄마가 즐겨 해주신 오이지를
젓가락에 꽂아 깨물자 짠맛이 입 안 가득 고였다
밥 한 공기 다 먹고 엄마를 부르다 눈을 떴다
석양 꼬리가 막 산을 넘고 있었다
오래 전 기억이 생시가 되어
모처럼 엄마 밥상에 배가 불렀다

처음으로 꿈에 나타나신 엄마
며칠 전 담아놓은 오이지를 젓가락에 꽂아 입에 물며
돌아가신 지 사십여 년의 엄마를 불러본다

작은 행복

뽀얀 김에 얼굴을 분칠한 방앗간 노총각 사장님
맛보라며 건넨 갓 나온 떡 한 줄
한입 베어먹고 봉지에 담아오는 내내
따뜻함이 추억의 강을 건너고 있다

세 살배기 아들 김 오르는 떡집을 보면 조르던 떡
반찬값 아껴 한 줄 사주면 꼬막손으로 엄마 참 맛있다
오물오물 작은 입이 바쁘게 움직였었다
먹고 싶은 거 많았을 텐데 돈 없는 엄마 마음 안 듯
잘 참다가도 유혹에 힘들었던 가래떡

서른 살 아들 기억에도 선명했던지
퇴근길에 사온 온기 남은 떡 두 줄
간장 찍으며 엄마 맛있지요

부엌엔 한입 베어 먹고 남긴 떡이 굳어지고
내일은 아들 좋아하는 떡볶이를 해줘야겠다

바늘꽃

가을 첫 바람에
몸살을 앓고 있는 저 몸짓

이른 봄 한 줌 모종이
서툰 계절의 시침질을 시작했다
유난히 더웠던 여름을 지나
끝이 기약 없던 빗줄기 속에도
계절의 감침질을 했었다
추억들을 한 장씩 박음질하는
가녀린 바늘꽃의 시간들
영글지 못한 꽃잎 뚝뚝 미완의
한 해가 완성되어가고 있다

4부

남영역에서

휴대폰이 울린다

이자 다 와 가야
아니여
서울역이여
길눈 밝당게
염려 말고 그만 들어가잉

등이 굽은 노모의 떨어지지 않는 발걸음이
역사 쪽으로 사라진다

공범

여름이면 생각난다, 두려움에 떨던 눈망울이

바닷가 한낮의 더위를 피해 들어갔던 다방
낡은 선풍기는 숨차게 돌아가고
조각 바람이 모여 창으로 들어와 자릿값을 한다
우당탕탕 문이 열리고 눈물이 범벅된 맨발의 여자가 뛰
어들었다
익숙한 듯 마담은 부엌으로 들여보냈고
그 뒤로 따라 들어온 사내는 비척이며 몸을 가누지 못한 채
여자를 찾으며 성난 목청으로 우리를 긴장시키자
마담의 앙칼진 목소리에 꼬리를 내리며 나갔다
들키지 않은 안도의 설움이 탁자를 흔들었다
궁금해하는 우리들의 눈이 마주치자 마담은 너스레를
떨 듯
다른 섬에서 시집온 젊은 아낙 술 취한 남편 피해 이곳으
로 도망왔다고
얼룩진 흔적을 지우듯 한바탕 소나기가 지난 후 찻집을
나왔다
여자의 어깨를 위로하듯 충혈된 노을이 창을 밀며 들어
가고 있었다

계절의 기억

서러운 밤이 지나갔다

제 집처럼 다니던 길도 낯설어
흔적을 남겨놓고 달아난 늙은 고양이
뒷집 어린 순이 엄마를 떠나온 첫날
백구의 울음은 밤새 나의 창을 잡고 있었다
폭풍 같은 밤은 마지막 남아 있는
잎새를 털어내고야 아침을 맞이했다
지난 밤이 무색하게 앞산에 걸터앉은 물안개는 운해를
만들고
밤새 창문을 두드리며 수없이 작아지거나 스며들던
겨울의 한 자락을 담을 마지막 낙숫물이 퍼져나간다

엄마가 떠난 어린 그리움
몸살을 앓았던 그 계절
동면해버리고 싶은 기억 위로
매섭게 바람이 불어온다

조우

간절함이 선명했다
파도마저 접근할 수 없게
텅 빈 백사장에 쓰인 조우를
여자의 발자국이 담을 치듯 감싸고 있다
얼마큼 서 있다 떠났는지
푹푹 패인 어지러운 발자국이 긴 시간을 말해준다

방파제에 부서지는 파도를 만나러
어김없이 올해도 이곳에 앉았다
풀릴 것 같지 않은 체기를 쓸어내려주는 파도

한 무리에 사람들이 지나가고
피할 틈 없이 커다란 파도가 밀려왔다
조우가 사라졌다
백사장은 아무 일 없듯
파도가 지나간 이야기를 풀어낸다
사라졌거나 지나간 것들을

두부

굳어버린 마음으로 따뜻한 두부 한 모를 들고 건널목 앞
에 서 있다

갓 나온 두부처럼 말랑거리던 사랑은 어디로 갔을까
무거운 짐은 아내 몫 사내는 빨리 오라는 재촉을 하며
중년의 부부가 남인 듯 서 있다
신호가 바뀌고
뜨거운 사랑과 차가운 사랑이 엇갈렸다

때론 오래 보관하기 위해서 여러 번 물을 바꾸기도 했고
프라이팬 위에서 튀겨지거나 찌개에 넣거나
으깨어 새로운 음식으로 밥상 위에 올렸다

이미 식은 우리의 부부 관계를 개선하듯
끓는 물에서 다시 말랑해진 두부에 칼을 대자
아직 멀었다는 듯 형태가 틀어졌다

처음으로 돌아간다는 것 쉬운 게 아니었다
두 쪽이 하나가 된 완전체
콩의 기본을 잊고 살아가고 있었다

흑백사진

중학교 졸업사진은 흑백의 마지막 세대였다
아쉬움을 남긴 채 뿔뿔이 흩어졌고
각자의 추억을 남길 수학여행을 갔었다

오랜 시간이 흐르고
경주라는 공통의 여행지로 여행을 갔다
무궁화 열차 대신 고속 열차를 타고
햄버거와 커피 대신 찐 계란과 사이다를 마시며
택시보다 버스를 타며 느리게 서로의 추억으로 빠져들었다

크게만 보였던 천마총과 석빙고 그리고 불국사를 돌아보며
오래 전 함께하지 못해 아쉬워했던 빛바랜 여자들이 서 있다
길을 가다 만나 흑백사진관
사진사의 주문대로 여러 포즈를 취하다 웃음보가 터진
중학생 소녀의 시간으로 돌아갔다
각자 원하는 사진 한 장씩을 소중히 간직했다
둥근 보름달이 안압지 연못에 비추고
장관을 이룬 신라의 달밤이 깊어진다

책상 위에 사진이 놓여 있다

긴 시간이 흘렀어도 퇴색되지 않은 우리들이 웃고 있다
그렇게 추억 하나가 저장되었다

회전초밥

바닷속은 공평했다
뭍으로 올라오기 전까지
육 해 공, 계란, 유부, 한우초밥이
회전의자에 동승했다
단촛물에 샤워하고 연초록 애교점을 찍은
속살보다 뽀얀 밥을 감싸안았다
바다에서 나온 순간 가격에 밀리더니
돌아도 돌아도 끝이 보이지 않고
구색 맞춘 도시락에 슬그머니 끼어
새로운 치장을 했다
조명으로 화장을 하고
화려한 케이스의 도움을 받았다
점심 무렵 가격이 30%로 확 내려지고
누군가의 입으로 들어간다
혼자 있을 때 밀리던 자존심이 치유되는 순간이다
삶도 때론 무임승차를 할 때가 있다

애국가

혹인 가수 그렉 프리스터가 부르던 애국가를 보며
학창 시절 앵무새처럼 부르던 그 애국가가 아니었다
또박또박 정확하게 전달하는 가사를 음미했다
묵직하게 가슴이 흥분된다

저녁노을이 막 내려앉을 무렵
학교, 동사무소에서 혹은
TV 마감 시간에 울려퍼지던
그때의 애국가 앞에서
가슴에 얹던 뜨거운 손들을 기억한다

두 쌍 중 한 쌍 정도만 아이를 낳는 젊은 부부들
300년 뒤엔 우리의 말이 사라질 수 있다고 한다
퇴색된 감정마저 뭉개져버린 나조차
너무 당연해서 항상 남아 있을 거라 생각했다
마르고 닳도록 불러야 할 노래가

어느 기관사 이야기

누가 데려왔을까
어디를 헤매다 어둠에 갇혔나
입출구를 동시에 가지고 있는 터널
누군가에게는 늪이었다

기차가 막 터널을 진입했다
울림과 어둠을 포개놓은 본능
다른 입출구에서 희미한 움직임에
육중한 체구가 쇳소리를 내며 경악한다
노인이 그곳에 있었다
올라오기도 힘든, 와서도 안 되는 곳
눈길조차 마주치지 않고
누군지 어디서 사는지조차 터널처럼 어둡다
순간의 화조차 탁 막혔다
기억이 빠져나가고 삶과 죽음의 경계를
오가는 노인에게는 두려움이란 없다
역무원에게 노인을 부탁했다

적막한 산모퉁이를 돌며
기차가 쓸쓸히 따라오고 있다

폐허

처음부터 폐인은 아니었다
누군가에겐 꿈 또는 희망이었다
어디서부터 잘못된 길이었을까
조금 더 잘살아보겠다는 것도 욕심이었을까
먹어도 채워지지 않는 돈을 삼켜버린 건축업자
결국 모두를 구렁텅이에 던져버렸다

손엔 마지막 목숨줄이었던 휴지조각이 되어버린 계약서뿐
실체도 없는 허공 어디쯤 그녀의 지분만 존재한다
화병에 몸져누워 들지도 않은 약봉지만 쌓여가고
언젠가는 다시 살아날 거라는 희망은 그녀를 갉아먹고 있다
상가는 오늘도 그녀의 뇌리에서 지어지고 탄식만 토해낸다

여름의 민낯

언제나 틈이 없이 한결같은 그녀
미인이다 화장품의 효과일까
동갑인 나는 언제나 비교 대상이었다
나이를 거꾸로 먹는 우리들의 부러운 대상
어느 날 소문이 돌았다 통장이 비어
크게 부부싸움을 한 그녀는
솜씨 좋은 의사의 도움으로 젊음을 유지하고 있었다
올 여름 모두땀으로 범벅되던 날
항상 뽀송거리던 얼굴에도 그림자가 드리워지기 시작했다
생활의 주도권이 남편에게 넘어갔는지
돈과 비례한 치료제는 더 이상
그녀의 젊음을 잡아주지 못했다
엷은 미소에도 깊게 잡히는 주름
세월의 흔적은 얼굴의 굴곡에 명암을 만들었다
세상은 공평했다

그림을 그린 이

가을날 그림 한 점
몇 해 동안 오롯이 그곳에 걸려 있었다
마지막 해가 머물다 사라진 들판은
잠시 핏빛으로 물들었고
다시 드러난 풍경은 명암이 엇갈리고 있다
문지르며 만들어내던 파스텔
붉음과 어둠을 쥐고 있는 손끝이 뜨거웠다

작은 집에 불이 켜졌다
그림을 그린 이가 창밖을 바라보고 있다
어둠을 밀어내는 빛
소파에 앉아
나의 그림 속에 살고 있는 나를 만났다

지하철 악사

그는 현을 당길 줄 모른다

손 하나로 모든 악기를 읽어주는 사내
카세트와 몇 장의 CD는 사내가 가진 최고의 악단이다

연미복으로 차려입은 차분한 목소리가 관중의 시선을 압
도한다
　잔잔히 풀어내는 음악에서 잠시 추억을 긁어주는 마법의
악사
　지치지도 않는 CD를 넘나드는 현란한 검지는 오랜 내공
이 묻어난다

무심히 창밖만 바라보던 지하철 손잡이가 악사를 바라
본다
　푸른 지전 몇 장 사내의 손에 들렸다
　다음 칸으로 넘어가야 할 악사는 문이 열리자 인파 속으
로 묻혀버렸다
　앞칸에서 단속반이 들어왔다
　노래와 노래 사이를 넘나들던 손가락의 촉처럼
　타이밍이 기가 막혔다
　손에 들린 CD에서 긴 터널의 추억이 돌고 있다

바람이 불면

침입자가 담을 넘었다
납작 엎드려 숨을 죽인 채

속도에 따라 팔랑 혹은 후다닥
목적도 종착지도 없이
때론 공중부양도 가능했다
한참을 하수구에 처박힌 하얀 비닐봉지
안간힘써도 제자리
조력자의 작은 숨소리에 파닥파닥

잠시 한눈판 사이 창문이 덜컹거렸다
햇빛을 받은 하얀 무지개가
하늘을 날고 있었다

추락은 예견한 미래
바람은 흘러야 했다

처음으로 돌아간다면

장미 한 송이를 들고 수줍게 미소 짓는
가시 없는 섬세한 사내였다
사랑은 가난 정도는 이겨낼 수 있다고
담장을 넘어온 옆집 장미 가끔 한 송이씩
유리잔에 담겨 밥상 위에 올려놓았을 때마다
행복은 언제나 함께할 거라 생각했다

뜬구름 잡는 바람 같은 마음
위태롭기만 했던 서로의 마음들
내리꽂는 빗줄기처럼 가시 돋은 말은
상처를 후벼파며 젊은 시간을 허비했다

추억으로 심어놓은 덩굴장미
활짝 핀 꽃 한 송이 잘라 식탁 위에 놓아두었다
희끗한 무뎌진 가시가 졸고 있다
식탁에 꽃잎이 한 장씩 떨어진다
사랑했니 안 했니, 행복했니 안 했니
후회하니 ―

'시간의 상자' 엿보기

순간, 다짐을 또 한다
― 「치열과 희열」 중에서

김정수/ 시인

  시인은 '시간의 상자' 하나를 가지고 있습니다. 혼자만의 공간에 꼭꼭 숨겨둔 상자 속에는 기억, 추억, 사랑, 상처, 시, 비, 저녁 등이 들어 있습니다. 시인은 곁에 사람이 없을 때마다 상자를 열고는 가만히 안을 들여다봅니다. 상자 속의 시간은 우리의 생각처럼 흐르지 않습니다. 서서히 흐르거나, 고여 있거나 역행합니다. 하지만 상자 밖의 시간은 시시각각 변하면서 빠르게 앞으로 흘러갑니다. 상자 밖에서 상자 안을 들여다보는 시인도 차츰 변해갑니다. 상자 밖의 '흐름'과 상자 안의 '지체 혹은 멈춤', 그 시간의 간극과 파장에서 '시적인 것'이 생겨납니다.

  상자 안과 밖의 시차와 감정이 '시적인 것'과 결합해 펼쳐 보이는 세계는 현실 이전의 기억과 내통하는 은밀한 고백입니다. 상자 밖으로 나온 고백은 급작스러운 환경 변화에 현실과의 결합을 망설이다가 이내 사물을 소환합니다. 사물과 '시적인 것'이 잠시 멈췄던 시간을 되돌리며 시를 탄생

시킵니다.

"보이지 않던 길"(이하 「작은 빛마저 간절했던 날들」)이 다시 보이는 순간입니다. 하지만 앞으로 나아가는 길이 아니라 "한 치 앞도 보이지 않는 막막함"에 되돌아온 길입니다. 앞으로 나아가고 싶은 시인의 욕망을 자욱한 안개와 어둠, 상처가 가로막고 있는 셈이지요. 혼자만의 시간에 상자 속을 들여다보는 시인의 모습이 쓸쓸해 보이는 이유입니다.

시인은 현재 "여름날 오후 6시를 지나고"(이하 「11시 59분에 대하여」) 있는데요, 그 앞에는 "11시 59분"이 놓여 있습니다. "늦지도 빠르지도 않은 시간"을 '열심히' 달려왔다고 시인은 자족합니다. 사계의 '여름'은 절반 이전의 '늦지도 않은', '오후 6시'는 24시간 중 절반 이후로 '빠르지도 않은'에 해당합니다. 시인의 앞에 놓인 시간은 '앞', 상자 속의 시간은 '뒤'입니다. 시인의 "저녁은 늘 뒤를 따라오고"(이하 「저녁의 위치」), 그러다가 어느 틈엔가 "뒤를 따라가는 저녁"이 됩니다.

시인은 앞과 뒤가 뒤바뀌는 지점쯤에 머물고 있습니다. 앞도 아니고, 뒤도 아니다보니 혼란과 상처가 틈입합니다. 상자 속의 사랑은 늘 뒤에 위치하지만, 앞에 놓이기를 희망합니다. 시인은 알고 있을까요. '시간'이라는 시어의 높은 사용 빈도만큼이나 '시간의 상자'를 자주 열어본다는 것을요. 상자 안에는 맑은 날보다 비 오는 날이 더 많다는 것을요. 시가 생각만큼 잘 안 써지는 것도 영향을 미쳤을 것입니다.

상자 앞에 선 시인은 스스로에게 다짐합니다. 만약 처음으로 돌아간다면 다시는 "상처를 후벼파며 젊은 시간을 허비"(「처음으로 돌아간다면」)하지는 않을 것이라 합니다. 젊은 날의 상처가 시인의 길로 인도했을지도 모르겠습니다. 인생에서 '처음'은 늘 존재합니다. 시도 처음을, 새로움을 지향합니다. 그러면 이쯤에서 시인만의, '시간의 상자'를 슬쩍 들여다볼까요.

　　저녁은 늘 뒤를 따라오고 있었다

　　골목에서 술래잡기를 할 때도
　　밥 먹으라고 부를 때도
　　5학년 때 처음 엄마의 피가 붉은 색이 아닌
　　검은 색이라 느꼈을 때도
　　대문 앞에서 쪼그려 앉아
　　병원에서 늦도록 돌아오지 않는
　　엄마를 기다리던 날에도

　　아직 엄마가 많이 필요한데
　　사춘기가 다 지나가도록
　　저녁 없는 밤으로 연결되었다

　　첫아이를 낳던 여름날 저녁
　　홀로 긴 터널을 빠져나올 때도
　　저녁이 뒤를 따라오고 있었다

하나둘 가족이 돌아오고
어느 틈엔가 나는
뒤를 따라가는 저녁이 되고 있었다

—「저녁의 위치」전문

'저녁의 위치'는 '엄마의 위치'이기도 합니다. 엄마가 있어야 할 자리에 엄마는 부재합니다. 엄마를 필요로 하는 민감한 시기에 엄마가 곁에 존재하지 않아 가족은 뿔뿔이 흩어진 것과 진배없습니다. 저녁은 가족이 함께하는 소중한 시간이지만, 흩어진 가족은 저녁이 되어도 돌아오지 않습니다. "골목에서 술래잡기"하다가 "밥 먹으라고 부를 때도" 저녁은 앞이 아닌 "뒤에 따라"옵니다. 집에 돌아왔을 때 엄마가 환하게 맞아주길 원하지만, 점차 어두워지는 빈집만이 반겨줄 뿐입니다.

아마도 시인이 초등학교 "5학년 때 처음 엄마"가 아파 병원에 실려간 듯합니다. "대문 앞에서 쪼그려 앉아" 사위가 어두워질 때까지 기다려도 엄마는 돌아오지 않습니다. 그런 의미에서 "엄마의 피가 붉은 색이 아닌/ 검은 색"이라 했을 것입니다. 엄마가 밥을 해놓고 기다리는 저녁, 가족이 빙 둘러앉아 밥을 먹는 행복한 풍경은 그저 희망일 뿐입니다. 사춘기의 딸에겐 엄마가 더더욱 필요합니다. 한데 엄마는 곁에 없습니다. "엄마와 영원한 이별"(이하「이모」)을 하자 "시집을 가지 않은" 이모가 엄마의 자리를 대신합니다. 이모가 아닌 "마음속 엄마"입니다.

어둠의 시작인 저녁은 성장 과정에서 경험한 상처와 상실의 시간입니다. "저녁이 없는 밤"은 성장의 시기가 암흑 같았다는 말과 다름없습니다. 저녁조차 없이 낮에서 밤으로 바로 "연결되었다"는 건 엄마의 부재와 가족의 흩어짐, 나의 상처가 성인이 될 때까지 이어졌다는 것을 의미합니다. '엄마의 위치'를 그리워하던 입장에서 '엄마의 위치'에서 기다리는 위치로 변합니다. 시인이 '시간의 상자'에서 꺼낸 엄마는 사라지고, 그 자리에 엄마가 된 시인만이 존재합니다. '저녁'에서 '엄마'로, 다시 '엄마'에서 '나'로의 위치 이동은 단순한 변화가 아니라 수동에서 능동으로 역할이 바뀌었음을 뜻합니다. 같은 집은 아니지만 기다림의 장소는 집 안(혹은 대문 앞), 시간은 저녁으로 고정되어 있습니다. 중요한 것은 엄마가 되기 이전이나 이후나 기다림의 주체는 늘 집 안에 머물고, 그리움의 대상은 늘 집 밖에 머뭅니다. 그렇다면 '시간의 상자'는 아늑하고도 평온한 경계의 바깥, 즉 집 안이 아닌 밖에 존재합니다. 시인이 자주 길 위에 서는 이유일 것입니다.

남편이 퇴직했다
같이 있는 시간이 길어지면서 남편이 낯설다
타인처럼 느껴지는 것은 뭘까 보이지 않는 막이 앞에
있듯

동물에게 무관심하던 사람 어느 날 TV에서 나오는 동
물을 보며 웃는다

며칠 동안 바라만 보던 길고양이에게 정해진 시간에 사
료를 주고 있다
　　매일 정해진 시간에 출퇴근하던 사내의 일상처럼

　　혹독한 첫 겨울까지 지나갔다
　　사내는 도를 닦았는지 제법 얼굴에 여유가 생겼고
　　비쩍 말랐던 고양이도 윤기 있는 털과 통통하게 살이
붙었다
　　밥을 준 시간이 얼마인데 아직도 고양이와의 관계는
　　밥그릇을 사이에 두고 바라보는 것뿐
　　가끔 때맞춰 밥을 먹으러 오지 않는 고양이 걱정도 한다

　　쫓기듯 앞서가던 걸음 갑자기 머리를 긁적이며
　　천천히 나의 발자국에 보폭 맞춘다
　　사내는 40년 길든 멍에를 한 겹씩 벗어내는 중이다
　　　　　　　　　　　　　　　 ―「어둠이 오기 전의 저녁」전문

　　사전적 의미로, 저녁은 '해 질 무렵부터 밤이 오기까지
의 사이'를 말합니다. 이 시에서 '저녁'은 퇴직한 남편의 시
간대입니다. 하지만 "같이 있는 시간이 길어지면서" 저녁
은 '남편의 것'에 머물지 않습니다. 남편의 퇴직은 아내(시
인)의 영역을 침범하는, 시인의 개인적 시간과 공간으로 틈
입할 뿐 아니라 '저녁의 기다림'을 무효화하는 변수로 작용
합니다. 이는 '시간의 상자' 밖으로 나온 낯선 감정과의 조

우이면서 균일한 감각을 유지하던 일상이 흐트러지는 계기가 됩니다. 저녁 이전의 환한 낮은 오로지 자신만의 시간이었지만, 이제는 그 시간마저도 온전히 혼자만의 시간은 아닙니다. 한낮 혹은 저녁에 남편과 같이 있는 풍경은 남편을 "타인처럼 느껴지게" 하지만, 타인을 마주하는 나 자신도 타인과 다름없습니다. 타인과 타인의 사이에는 "보이지 않는 막", 즉 '낯섦'이 존재합니다.

어둠은 죽음이나 이에 준하는 상황이 도래하기 전 '인생의 저녁'입니다. "매일 정해진 시간에 출퇴근하던" 남편의 일상은 "길고양이에게 정해진 시간에 사료를 주"는 것으로 옮겨갑니다. '일'에서 '길고양이'로 관심이 옮겨가는 것을 시인은 세세히 관찰합니다. "혹독한 첫 겨울"은 여러 의미를 내포하고 있습니다. 첫째는 그대로 추운 겨울을 보냈다는 것입니다. 둘째는 퇴직 후 맞은 첫 겨울나기가 혹독했다는 것입니다. 셋째는 남편과의 어색한 동거가 불편했다는 것입니다. 넷째는 길고양이의 생존환경이 가혹했다는 것입니다. 겨우내 길고양이를 정성껏 돌봤지만 "고양이와의 관계"는 가까워지지 않았습니다. 남편과 길고양이 사이에는 "밥그릇"이 존재합니다. 길고양이의 경계심보다 생명을 대하는 데 서툰 남편 탓이 더 클 것입니다.

길고양이가 밥 먹는 걸 "바라보는 것"은 남편이 가족(특히 아내)을 대하는 방식과 닮았습니다. '바라보기'만 할 뿐 좀체 곁으로 다가서지 못하니까요. 마음은 있으나 표현이 서툰, 어쩌면 표현할 줄 모르기 때문일 것입니다. 남편이 길고양이를 바라보듯, 아내가 남편을 바라보는 시선 또한 느꼈을 것입니다. "밥을 먹으러 오지 않는 고양이 걱정"을 하면서 연락조차 없이 "때맞춰" 집에 들어오지 않는 자신을 기다렸을 가족의 걱정을 깨달았겠지요. 저녁 산책길에 "쫓기듯 앞서가던" 남편이 "천천히 나의 발자국에 보폭"을 맞춥니다. "같은 또 다른"(「같은 또 다른」) 길을 걷던 두 사람이 비로소 나란히 걷습니다. "보이지 않는 막"이 사라진 걸까요.

비가 내리는 날
고속도로 휴게소로 간다

하늘을 달리던 빗방울도 바닥에 주차를 하고 있다

먼 길을 가다가 잠시 바라보니
주차장에 쉼표가 빽빽하다
거침없이 질주했던 한때
나는 어디에도 쉼표를 찍지 못했다

먼 길 돌아 휴게소에 도착했다
커피를 들고
비 냄새 가득한 벤치에서 달음박질에 빠진 세상을 읽는다

느낌표 혹은 마침표를 향해가는 사람들
바퀴로 밑줄을 긋고 달린다

어느 비 오는 날

사는 일에 지치면 나는 이곳에 와 쉼표가 될 것이다

달리던 길을 곁에 앉히고

―「쉼표」 전문

두 장의 사진이 앞에 있다

마음속의 우울이 얼굴에 찍혔다

벼랑 끝 아슬한 노송을 바람이 흔들고

구름처럼 시시각각 변했던 시간들

발끝에 차인 돌이 벼랑으로 곤두박질쳤다

조용하던 정선의 한 모퉁이가 돌의 파문에 흔들렸다

바닥에 부딪치는 찰나

나를 보듬어야 했다

우연히 다시 들른 그곳

벼랑 끝

노송에 기댄 화사한 또 다른 사진 한 장

먹구름이 사라진 하늘바다였다

앨범에 끼지 못한 사진 한 장

책갈피에 끼어 다시 책장에 넣었다

그것은 버릴 수 없는 상처의 시간이었다

―「몰운대」 전문

첫 시집 『만 개의 골목』(시와에세이, 2015) 이후 8년 만에 상재하는 두 번째 시집 『붉음을 쥐고 있는 뜨거운 손끝』에는 유난히 비가 자주 내립니다. "예고도 없던 소나기는 피할 수 없는 운명"(「슬픔을 만나다」)이라는 시인은 만약 죽는 날을 선택할 수 있다면 "비 오는 일요일 오전은 피하고 싶"(이하 「분위기가 그랬다」)지만, 죽는 날은 비가 내려도 괜찮다고 합니다. 오후는 하루를 마무리하는 시간이지만, 오전은 오후를 기대하게 하는 시간입니다. 일요일도 일주의 시작입니다. 하여 시인은 "6일의 오전이 남아" 있다고 합니다. 즉 일요일과 오전은 시작을, 토요일과 오후는 갈무리하는 시간입니다. "어둠과의 경계"인 오후는 "할 일을 잃은 외로운 시간"입니다.

인용시 「쉼표」에는 "고속도로 휴게소"라는 공간에서 타자를 관찰하는 단독자 '나'가 존재합니다. 자동차 전용도로인 고속도로에서는 신호등이 없어 차들이 고속으로 주행합니다. 도로는 거의 직선인지라 장거리 운전을 하다보면 피로와 졸음이 몰려올 수도 있습니다. 휴게소가 일정 거리마다 있는 이유입니다. 요일과 시간대는 알 수 없지만, "비 내리는 날" 먼 길을 가던 시인은 "고속도로 휴게소"를 찾습니다. "커피를 들고" 벤치에 앉아 주차된 차들과 "달음박질에 빠진 세상을 읽"고 있습니다. 고속주행을 하다가 휴게소에서 잠시 휴식을 취하는 것은 인생의 쉼표와 같습니다.

그렇다면 고속도로는 인생이겠지요. 고속도로에 들어서는 것은 탄생이고, 나가는 것은 죽음이겠지요. 삶의 속도를 멈추면 시간이 개입합니다. 쉼 없이 "거침없이 질주했던 한 때"가 주마등처럼 스치고 지나갑니다. 하지만 시인은 '시간의 상자'를 열고 기억을 소환하지는 않습니다. 그저 삶의 고속주행에서 잠시 벗어나 "느낌표 혹은 마침표를 향해가는 사람들"을 관찰하고 "사는 일에 지치면" 다시 고속도로 휴게소에 들러 "쉼표가 될 것"이라는 소박한 의사를 피력할 뿐입니다. 피로와 졸음이 밀려올 때 쉬어가는 휴게소는 쉼표가 되겠지만, 인생의 쉼표는 단순히 쉬어가는 시공이 아닌 '인생의 전환점'일 것입니다.

고속도로를 벗어난 시인이 도착한 곳은 강원도 정선의 몰운대입니다. 일찍이 황동규 시인이 시「몰운대행沒雲臺行」에서 노래한 그곳에는 "꽃가루 하나가 강물 위에 떨어지는 소리가 엿보이는 그런 고요한 절벽"과 벼락 맞아 죽은 소나무가 있습니다. 시인은 하나의 공간에 "두 장의 사진"을 배치해 우울과 "상처의 시간"을 불러옵니다. 바위가 그림처럼 펼쳐진 화암畵庵의 절경에서 시인은 왜 상처와 우울을 떠올렸을까요. 이번에도 시인은 세세히 진술하지 않습니다. 앨범이 아닌 책갈피에 끼워 "다시 책장에 놓"은 사진에 얽힌 사연을 풀어놓지 않습니다.

그대로 사진 속에 남겨둡니다. 얼굴에 찍힌 우울이나 "벼랑 끝 아슬한 노송", "시시각각 변했던 시간들", "벼랑으로 곤두박질"친 돌, 그리고 "돌의 파문"으로 유추해볼 때 백척간두에 선 삶에서 죽음을 염두에 둘 만큼 힘든 시기에 몰운대를 찾았을 것입니다. 우울한 사진과 대조적으로 "노송에

기댄 화사한" 사진 또한 감추는 것은 겉으로 드러난 표정과
달리 내면은 우울했기 때문일 것입니다. 사진은 순간의 장
면에 대한 기억이나 재현입니다. 하지만 그 짧은 순간은 많
은 사연을 담고 있습니다.

시어를 찾으러 마트에 갔다

이른 시간이라 아직 문이 열리지 않았다

엊그제 시어는 진열대에 놓여 있었다

잊지 않으려 몇 번이고 외웠는데

순간 아득한 벼랑으로 떨어졌다

마트 문 앞에서 서성이고 있는데

오랜만에 만난 지인

반가워서 카페에서 신나게 수다를 떨고 집으로 돌아
왔다

잠을 자면서도 개운하지 않은 생각

순간 시어를 두고 왔다는 게 생각났다

다시 시어를 찾으러 갔다

요즘 암흑 같은 나의 머릿속에 단비같이 눈에 띄던 큰
글자는

진열장 어디에도 없다

몇 번이고 진열대를 이 잡듯 뒤졌다

막 포기하고 돌아서는 순간 7㎝나 될까

작은 젓갈 병이 눈에 들어왔다

오징어젓갈, 낙지젓갈 상표보다 더 작은 회사 상호의

부제목

숙성된 젓갈처럼 나에게 진심을 반쯤 내어준 상표
누군가 발효된 시간을 진심으로 꾹꾹 담아두었다
— 「시간의 진심」 전문

사진이 '빛의 예술'이라면 시는 '언어의 예술'이라 할 수 있습니다. 시는 짧은 순간에 포착한 이미지와 기억(경험), 상상을 언어로 형상화한 것입니다. 유성임 시인에게 시는 무엇일까요. 「시간의 진심」에 의하면 시를 쓸 때 가장 중요한 것은 "진심"이고, 시작詩作은 시의 마트에서 잘 숙성된 시어를 골라 "발효된 시간"을 거치는 것입니다. 발효에서 숙성에 이르려면 시간이 필요합니다. 착상에서 전개, 상상 그리고 사유하는 시간을 거쳐야 한 편의 시가 완성된다는 사실을 시인은 "작은 젓갈 병"에 붙어 있는 "회사 상호의 부제목"을 통해 확인합니다.

"회사 상호"를 믿고 젓갈을 구매하듯, 시인의 이름을 믿고 시를 읽고 시집을 산다는 것을 은유적으로 표현합니다. 숙성되지 않은 시는 시행착오를 겪습니다. 숙성도 아닌 발효되기 전에 시작하면 "문이 열리지" 않아 "순간 아득한 벼랑으로 떨어"지기도 하지요. 쉽게 열리지 않는 문 앞에서 오래 서성대면 목적조차 잊어버리고 삼천포로 빠질 수도 있습니다. "개운하지 않"지만, 그래도 잠이라는 발효의 시간이 경과하면 "암흑 같은 나의 머릿속에 단비"가 내려 한 편의 시를 쓸 수 있을 것입니다.

동굴로 들어간다
깊이 그리고 숨소리조차 조심스럽게
휴대폰도 휴식 중
일상은 나에게 맞춰진 게 아니라
타인에 의해 움직여졌다
차마 거절하지 못해

동굴로 찾아들 땐
웃고 있는 얼굴은 이미 만신창이었다
종일 먹고 자고 밤이슬 맞고
도둑고양이처럼 산책 나선다
멀리 지인이 오고 있다
아는 체를 하려는 순간
모자를 더 꾹 누르고 타인처럼 스친다
뜨거운 눈총은 등에 박힌 채 멀어진다

문자들이 와 있다
답장을 쓴다
지금은 동굴 탐험 중입니다
열흘이 지난 동굴 밖은 여전했다

―「지금은 동굴 탐험 중」 전문

산책과 여행에서 돌아와 농익은 시 한 편을 쓴 시인은 칩거(동굴)에 들어갑니다. 세상 밖으로 열렸던 시선이 자아와

집 안으로 향합니다. 시인이 "동굴로 찾아"(이하 「지금은 동굴 탐험 중」)든 것은 자발적이 아니라 "타인에 의한" 것입니다. "차마 거절하지 못해" "얼굴은 이미 만신창이"가 되었고, 뒤늦은 후회는 관계에 대한 회의로 이어집니다. 자아를 응시하는 시간입니다. 응시는 자신의 상처를 어루만지는 소극적인 대응 방식인지라 "열흘이 지난 동굴 밖은 여전"합니다. 변하지 않습니다. 세상 밖 사람에게 받은 상처는 동굴에서 다 치유할 수 없습니다. 세상 밖으로 나가 부딪혀야겠지요.

> 기억을 지우기로 했습니다
> 너무 선명해서 지울 수 없다는 걸 알면서도
> 마음으로 된다면 얼마나 좋겠습니까
> 이제 포맷을 시작합니다
>
> 어느 순간부터 같은 일을 반복하고
> 기분은 롤러코스터를 탑니다
> 오늘은 우산을 잃어버렸습니다
> 종일 들고 다녔는데
> 이제 시작인가요 아님 벌써 시작되었는데
> 이제야 느끼고 있는 건가요
> 비가 내리지 않았다면 우산의 존재는 묻히겠지요
> 오늘은 우산이었고 분명 어제도 뭔가를 잃어버렸는데
> 매일 새로운 일들이 일어납니다
> 실타래처럼 엉켜버린 기억을 풀어낼 수 있을까요

하루를 영원히 기억할 수 있다면

이 순간을 잊고 싶지 않습니다

파란 하늘과 물들어가는 나뭇잎

그 가을볕을 쬐며 졸고 있는 나를 기억하고 싶습니다

너무 평범한가요 평범마저 가물거립니다

이런 재앙이 올 줄 알았으면 백업이라도 해놓을 걸

— 「포맷 or 백업」 전문

'시간의 상자' 속 어떤 기억은 "너무 선명"해서 지우고 싶어도 "지울 수 없"습니다. 그래도 시인은 기억을 포맷Format 하기로 합니다. 포맷은 컴퓨터 저장장치인 하드디스크와 플로피디스크에 자료를 저장할 수 있도록 형식을 잡아주는 것을 말합니다. 이 경우 저장장치를 초기화하는 작업이 반드시 들어가는데, 장치를 포맷하면 이전에 있었던 내용은 모두 삭제됩니다. 백업backup은 데이터의 소실에 대비해 원본을 따로 복사하여 저장하는 일입니다. 즉 포맷하기 전에 주요 데이터를 백업받아야 합니다.

시인은 기억을 왜 지우려 할까요. 우리는 같은 실수를 반복하지 않으려 숙달될 때까지 반복합니다. 한데 "어느 순간부터 같은 일을 반복"하는 실수를 범합니다. 어떤 일은 반복해야만 숙달되고, 어떤 일은 반복해서 실수하는 아이러니지요. "오늘은 우산"을 분실합니다. 포맷이라 했지만, 건망증에 가깝습니다. 특히 집에서 나올 때는 비가 오다가 중간에 그칠 때, 우산을 잘 잃어버립니다.

문제는 "오늘은 우산"이지만, "어제도 뭔가를 잃어버렸"다는 것입니다. 물건을 자꾸 '잃어버리는 것'은 기억이 엉켜 '잊어버리는 것'과 같습니다. 분실은 망각 이후에 발생하는 일이지요. 어쩌면 생각과 행동이 동시에 일어나는 망실입니다. 우산 분실 같은 "새로운 일들"이 매일 벌어집니다. 머릿속이 끊임없이 초기화되는 일이지요. 문득 영화 〈첫 키스만 50번째〉가 떠오릅니다. 단기 기억상실증에 걸린 주인공은 아침에 일어나면 전날 있었던 일을 기억하지 못합니다. 사랑하는 사람도 기억을 못합니다. 늘 처음이지요. 오늘 이전의 기억이 사라지면 '하루'만 남고, 그 순간만을 영원히 기억하려 합니다.

한데 그 하루는 "파란 하늘과 물들어가는 나뭇잎" 그리고 "가을볕을 쬐며 졸고 있는 나"입니다. 한마디로 말하면 '자연과 나'입니다. "너무 평범"하다는 말에선 일상이, "평범마저 가물"거린다는 말에선 범상치 않은 일상이 느껴집니다. 영화 〈첫 키스만 50번째〉가 사람(사랑)으로 상처를 이겨낸다면 시인은 사람 때문에 맞이한 재앙을 자연 속에서 극복하고자 합니다. 평범한 하루조차 백업해놓지 않았다는 시인의 고백이 참 아프게 다가옵니다.

굳어버린 마음으로 따뜻한 두부 한 모를 들고 건널목
앞에 서 있다

갓 나온 두부처럼 말랑거리던 사랑은 어디로 갔을까

무거운 짐은 아내 몫 사내는 빨리 오라는 재촉을 하며
중년의 부부가 남인 듯 서 있다
신호가 바뀌고
뜨거운 사랑과 차가운 사랑이 엇갈렸다

때론 오래 보관하기 위해서 여러 번 물을 바꾸기도 했고
프라이팬 위에서 튀겨지거나 찌개에 넣거나
으깨어 새로운 음식으로 밥상 위에 올렸다

이미 식은 우리의 부부 관계를 개선하듯
끓는 물에서 다시 말랑해진 두부에 칼을 대자
아직 멀었다는 듯 형태가 틀어졌다

처음으로 돌아간다는 것 쉬운 게 아니었다
두 쪽이 하나가 된 완전체
콩의 기본을 잊고 살아가고 있었다

―「두부」전문

　　결국 사랑입니다. 영화 〈궁합〉에 "인생에서 사랑을 빼면
무엇이 남을까요?"라는 대사가 나오지요. 이번 시집에서 시
인이 궁극적으로 하고 싶은 질문이 아닐까요. 어린 시절 엄
마의 부재에 따른 사랑의 갈증, "늦은 나이 공부하러"(「힘든
말」) 떠나는 아이에게 겨우 건넨 사랑한다는 말, "이루지 못
한 사랑"(「비 오는 저녁의 그리움」)의 애달픔, 그리고 "이미

식은 우리의 부부 관계"까지. 특히 엄마가 아팠던, 엄마의 부재가 시작된 지점에 어린 자아가 머물고 있을지 모릅니다. 그때 '시간의 상자'를 만들어 안에 집어넣기 시작했겠지요. 엄마-자식-남편으로 이어진 사랑의 대상이 딸-엄마-아내로 위치가 이동하면서, 받는 위치에서 주는 위치로 입장이 바뀌면서 외로움과 쓸쓸함이 더 깊어집니다.

시인이 원하는 것은 "갓 나온 두부처럼 말랑거리던 사랑"입니다. 「두부」는 자화상 같은 시입니다. 두부라는 사물을 통해 사랑의 의미와 진정성, 관계성을 노래한 수작秀作입니다. 신호등 앞에 "중년의 부부가 남인 듯 서 있"습니다. "무거운 짐"을 진 아내, "빨리 오라 재촉"하는 남편의 모습은 가부장적인 부부의 전형입니다. 남이 아닌데 남인 듯, 어쩌면 남보다 못한 관계일 수 있습니다. 그런 관계를 개선하려는 노력은 오롯이 아내의 몫입니다. 사랑하면서 함께 오래 살기 위해 "여러 번 물을 바꾸"고, 튀기거나 "찌개에 넣거나/으깨어 새로운 음식"으로 만들려 합니다. 그런 노력에도 불구하고 "끓는 물에서 다시 말랑해진 두부"는 칼을 대자 "형태가 틀어"지고 맙니다.

두부는 물과 다릅니다. 칼로 물을 베면 언제 그랬냐는 듯 원래대로 돌아가지만, 두부는 원래의 형태로 복원되지 않습니다. 시간과 끓는 물이 개입해 말랑해진 두부는 갓 만든 두부와 차이가 있습니다. 사랑도 "처음으로 돌아간다는 것"은 쉬운 일이 아닙니다. 시인은 "두 쪽이 하나가 된 완전체/콩의 기본"으로 돌아가라 합니다. 콩 한 톨도 나눠 먹는, 콩

깍지 속에서 알콩달콩 살아가는 그런.

상자를 닫아야 할 시간입니다. 너무 오래 상자 속을 들여
다봤습니다. 한데 시인은 어디로 갔을까요. "잡다한 마음
비우러"(「바람의 공양」) 절간에, 슬픔을 만나러 "들판"(「슬픔
을 만나다」)에, "1박의 휴가"(「버킷리스트」)를 즐기기 위해
서울역에, 트레킹하러 "경상북도 울진군 소광리"(「숲을 걷
다」)에 다시 갔을 수도 있습니다. 어쩌면 "시간이 허공을 걷
는"(이하 「메모리」) "50번 고속도로 양지 부근"의 "납골당 수
목장"을 찾아갔을지도 모릅니다.

가까운 사람의 죽음은 늘 힘겹습니다. 상처를 받지요. 사
랑하는 사람은 떠났지만, 동시에 여기 남아 있습니다. 이
역설적인 이야기가 이번 시집에 수록된 시편들일 것입니다.
이제 정말 '시간의 상자'를 닫아야 합니다. 아, '시간의 상자'
속에 들어가 있었군요. 이제 그만 나오세요. 그래도 스스로
상자가 되지 않아 참 다행입니다.

현대시세계 시인선 **158**

붉음을 쥐고 있는 뜨거운 손끝

지은이_ 유성임
펴낸이_ 조현석
기   획_ 김정수, 우대식
펴낸곳_ 북인
디자인_ 푸른영토

1판 1쇄_ 2023년 12월 12일
출판등록번호_ 313 - 2004 - 000111
주소_ 121 - 842 서울 마포구 서교동 460 - 34, 501호
전화_ 02 - 323 - 7767
팩스_ 02 - 323 - 7845

ISBN 979-11-6512-158-7   03810
ⓒ유성임, 2023

**이 책은 2023년 하반기 한국예술인복지재단
창작준비 지원금으로 발간되었습니다.**